I SASSOL

L'autore

Lia Levi è nata a Pisa (ma solo per sbaglio, perché la sua famiglia è piemontese) e da bambina si è trasferita a Roma. Ha scritto diversi libri per adulti e per ragazzi, e adesso i suoi nipotini, Chiara, Simone e Camilla, che vanno alle elementari e all'asilo, le hanno chiesto una storia adatta a loro. Ed ecco *La gomma magica*. Se volete scriverle, l'indirizzo è: Lia Levi, presso Mondadori Ragazzi, via Corsini 1, 37131 Verona.

Della stessa autrice, nelle edizioni Mondadori:
Una valle piena di stelle, Da quando sono tornata
(Junior +10); *Cecilia va alla guerra, Maddalena resta a casa*
(Storie d'Italia).

Lia Levi

La gomma magica

disegni di Daniela Villa

MONDADORI

Il nostro indirizzo Internet è:
ragazzi.mondadori.com

© 2000 Arnoldo Mondadori Editore S.p.A., Milano
Prima edizione gennaio 2000
Prima ristampa settembre 2000
Stampato presso le Artes Graficas Toledo S.A., Toledo (Spagna)
Gruppo Mondadori
ISBN 88-04-47512-9
D.L. TO: 1506-2000

Una giornata storta

Quel giovedí per Nicolò era andato davvero tutto storto.

Aveva cominciato la mattina.

La mattina c'era la scuola, cosí piena di novità ogni giorno, e non era certo quella a fargli andare storta la giornata. Anzi, la maestra Luciana gli scriveva sempre sul quaderno "Bravissimo" e anche "Bravissimo piú" e una volta persino "piú piú", e la maestra Rosanna, quando lo vedeva, gli faceva sempre un "ciao" speciale.

Però un "ma" nella scuola c'era.

A scuola bisogna arrivarci all'ora che dicono i grandi, e se fai tardi tutti si arrabbiano terribilmente con te, come se avessi dato fuoco a un'intera scatola di fiammiferi.

La mamma perciò ogni mattina gli diceva:

«Nicolò, spicciati con quel latte. Se fai tardi papà non può piú accompagnarti.»

Il latte a volte scotta davvero troppo e bisogna per forza aspettare un po'. E poi c'è da lavorare con i fiocchi. A Nicolò piaceva moltissimo girare e rigirare i fiocchi nel latte, tirare su quelli bene ammollati e spingere giú senza pietà quelli che resistono, tutti rigidi che sembrano fatti di cartone. Insomma, un bel da fare... ma in fondo ognuno può sceglersi il divertimento che preferisce.

Certo cosí si perdeva tempo, e se poi il latte nel frattempo diventava freddo e uno non ne aveva piú voglia (anzi, freddo era un vero e proprio schifo) non era colpa di nessuno. Un po' di latte in fondo alla tazza lo si può pure lasciare. E non c'è proprio bisogno, quando le cose vanno in questo modo, che una mamma faccia tutti quegli strilli.

Insomma, quel giovedí papà non lo aveva aspettato, e la mamma per accompagnarlo a scuola aveva dovuto lasciare sua sorella Carlotta a una vicina di casa. Ma era poi cosí grave? Carlotta era in culla e non capiva niente, e poi la mamma al ritorno se la riprendeva subito, mica la lasciava per sempre dalla vicina.

Invece, niente da fare. La mamma si era arrabbiata moltissimo con lui e per tutta la strada non gli aveva mai parlato. E anche la maestra Luciana aveva la faccia scura e non gli aveva sorriso nemmeno una volta.

Tutta colpa di quel latte!

TUTTA COLPA DI QUEL LATTE!

Per peggiorare le cose, quel pomeriggio era arrivata come sempre la baby-sitter Maria Giovanna, per accompagnare lui e Carlotta al parco. Bene, anche Maria Giovanna sembrava molto nervosa e non gli aveva fatto nemmeno un sorriso, proprio come la maestra Luciana.

Sia chiaro, non ce l'aveva con lui, questo Nicolò lo sapeva perché Maria Giovanna lo aveva raccontato alla mamma: aveva litigato un'altra volta con il fidanzato Aureliano, ecco tutto.

Ma trovarsi con una Maria Giovanna silenziosa e con il muso lungo non era per nulla divertente.

La prima volta che era entrata in casa sua e la mamma gliel'aveva presentata, Nicolò non aveva capito bene il nome. Gli era sembrato che fosse "Maria giovane", e si era sentito molto contento che a lui fosse capitata una Maria giovane, mentre a chissà chi era toccata una Maria vecchia, che magari non era affatto allegra, mentre questa qui…

Va bene, poi l'aveva capito che il nome giusto era Maria Giovanna, però la baby-sitter era davvero giovane e anche allegra. Per questo non avrebbe dovuto cambiare cosí, proprio sotto i suoi occhi.

Al parco andò ancora peggio.

Agli scivoli c'erano certi bambini prepotenti che non lasciavano avvicinare nessuno sia allo scivolo che alla capannina. Nicolò ci aveva provato, ma loro, facendo finta di dondolarsi, gli tiravano certi calci!

Avrebbe voluto chiamare Maria Giovanna, che però era cosí seria... e poi da quando si portava dietro anche Carlotta nella carrozzina, a lui nemmeno lo guardava.

Cosí Nicolò si allontanò. Un passo, un altro passo... Si voltò. Era vero, Maria Giovanna non si era accorta di niente.

Aspetta che accendo una lucciola

Nicolò si ritrovò nella sua radura preferita, dove gli avevano proibito di andare da solo.

Lí gli alberi piú alti e piú grossi del parco, come se volessero starsene da soli fra loro, si erano disposti in una specie di girotondo che in mezzo formava un cerchio d'ombra.

Nicolò si accovacciò pensieroso in quel cerchio, ma subito dopo fu attirato dall'albero che stava alla sua destra, che aveva un tronco veramente enorme.

Panciuto, scuro, nodoso, vecchio di forse cento o magari mille anni, il tronco sembrava

un elefante o un dinosauro e non si poteva fare a meno di guardarlo con rispetto.

Nicolò si avvicinò e notò subito quel segno a semicerchio che incideva la corteccia bruna... Non c'era ombra di dubbio! Sembrava proprio una porta!

Provò cautamente a spingere. Ma certo che era una porta! Si era anche aperta...

«Entra, se vuoi entrare. Ma per favore, chiudi subito, sono raffreddato.»

Quando sentí quella vocetta acuta, a Nicolò si drizzarono i capelli in testa dalla paura.

«Chi è... chi... chi ha parlato?» balbettò, perché all'interno del tronco faceva buio e non gli riusciva di vedere niente.

«Già, non puoi vedere... Aspetta che accendo una lucciola» disse la voce.

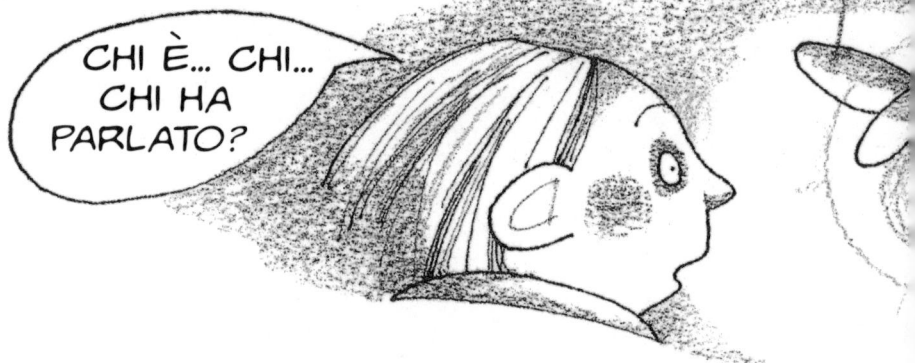

CHI È... CHI... CHI HA PARLATO?

Dopo un po', infatti, brillò una debole luce e Nicolò si ritrovò davanti il personaggio che aveva parlato.

«Ooooh!» fu tutto quello che riuscí a mormorare, perché non poteva chiudere la bocca dalla meraviglia.

14

«Guardami bene» rise divertito l'abitante del tronco.

L'ometto era quasi alto come lui, ma più magro e con un corpo più scattante e nervoso.

«Sei uno gnomo… o un folletto?» balbettò Nicolò, ma il personaggio rise di nuovo.

«Chiamami come vuoi. Lo so che voi della Terra usate questi nomi strani. Ma io sono io, e mi chiamo Pano.»

MI CHIAMO PANO.

«Pano?» Nicolò faceva fatica a parlare.

«Guardami in faccia. Ti piaccio?» disse l'ometto con aria vanitosa «mi sono scelto da solo…»

«Che cosa vuol dire "mi sono scelto"?»

«Vedi, noi siamo creature del bosco e abbiamo la fortuna di poterci costruire da soli, scegliendo i pezzi come ci pare. Cosí c'è una specie di gara a chi si costruisce piú bello, e modestamente credo di aver fatto le cose proprio per bene. Guardami con attenzione, per favore» e l'ometto si avvicinò la lucciola al viso.

Nicolò guardò.

Pano aveva scelto come occhi due fiori diversi, uno blu un po' piú grande e uno giallo, piú piccolo sí, ma piú lucente. Per naso aveva una nocciolina.

I capelli poi, che spiovevano rigidi ma abbondanti, erano formati da rametti di pino fitti di aghi in varie tonalità di verde.

«Non mi trovi bello?» insistette Pano, visto che il bambino non diceva una parola.

Nicolò inghiottí la saliva. «Certo, ti trovo molto carino.»

Ma Pano storse un po' la bocca, perché "carino" gli sembrava poco.

«Ma se ti sei costruito da solo, vuol dire che non ce n'è un altro uguale a te?» domandò poi Nicolò.

«No, siamo in due. So benissimo che ce n'è una come me, ognuno di noi lo sa, ma io la sto ancora cercando. Quando l'avrò trovata staremo sempre insieme, è cosí che succede da noi.»

«Non sai niente di lei» si rattristò subito Nicolò.

«Sí invece, so che è uguale precisa a me, solo gli occhi sono all'incontrario, il blu è a destra e il giallo a sinistra. Si chiama Tuli...»

«Tuli è un bel nome» disse educato Nicolò.

«Insieme facciamo Tuli-Pano. Tulipano, non l'avevi capito?» e l'ometto rise. «Ti piacciono i tulipani?»

NON SAI NIENTE DI LEI...

«Certo che mi piacciono» mentí Nicolò, che non si ricordava molto bene come fossero fatti i tulipani…

«Scusa, Pano» domandò poi Nicolò, che a poco a poco stava prendendo confidenza «cosa ci fai qui? Voglio dire, dentro a quest'albero. Questo è il parco dei bambini, non la foresta degli abitanti del bosco. Almeno credo…»

«È una lunga storia» sospirò Pano, e subito fece il viso scuro. Anche i petali che formavano i suoi occhi si chiusero come se stessero preparandosi alla notte. «Bene, te lo voglio dire» aggiunse subito dopo, già piú arzillo «io sono in esilio… insomma, è una specie di punizione.»

«Punizione!» A Nicolò si drizzarono le orecchie. Ma come, questa era davvero bella, anche le creature del bosco andavano in "punizione".

«Cosa… cosa hai fatto?» balbettò, incuriosito.

«Oh, niente di grave, niente d'importante.» Improvvisamente Pano si era messo a parlare con tono noncurante, da signore mondano che frequenta i salotti, ma non gli riusciva molto bene.

«È perché sono un po' pigro» disse con voce piú umile «cosí arrivo sempre in ritardo. Ho perso tempo anche quando dovevo finire di costruirmi, ed è per questo che non ho potuto incontrare Tuli. E ora chissà quanto ci metterò a trovarla…» sospirò Pano, improvvisamente triste.

Però si riprese subito.

«Bene, mi hanno mandato via per darmi una lezione.» La sua voce diventò improvvisamente baldanzosa. «E io mi sono trovato quest'albero di città che è proprio uguale ai nostri. Così se volevano farmi un dispetto… non ci sono riusciti! Io qui mi trovo be-nis-si-mo!»

La gomma magica

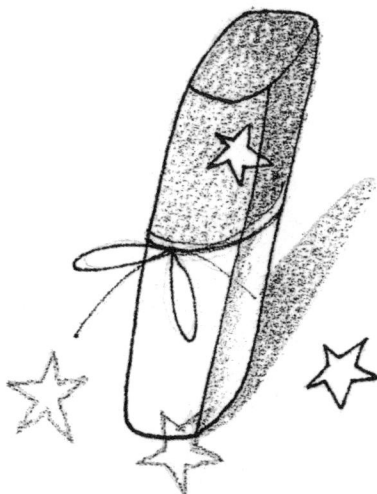

Nicolò quasi non lo stava piú ascoltando.

Guarda guarda, pensava, anche Pano è come me. Anch'io ho questo difetto di essere sempre in ritardo.

Meno male però che a lui, Nicolò, nessuno lo mandava via, in punizione, in "esilio". E invece quel povero Pano... cosí lontano da tutti... E Nicolò sentí un improvviso affetto per l'omino dell'albero.

«Come farai a sapere quando l'esilio sarà finito? Quando sarà l'ora di tornare nella foresta?» domandò.

«Manderanno un pony ad avvertirmi» rispose Pano con noncuranza.

«Un pony!!» Nicolò non finiva piú di stupirsi.

«Ma sí» rispose l'altro quasi spazientito «è l'usignolo arancione. Non lo sai che l'usignolo arancione è il pony di noi creature del bosco?»

Nicolò fece cenno di no, non lo sapeva. Poi gli prese la paura.

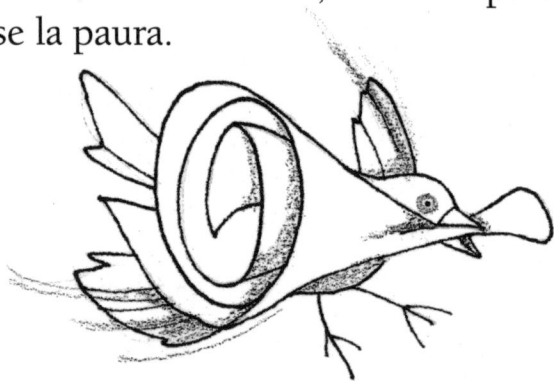

E se l'usignolo arancione fosse arrivato proprio in quel momento? Addio Pano. E, guarda un po', lui a Pano sentiva già di volergli bene. Era il suo amico segreto, e non è da tutti avere un amico cosí.

Resta ancora un po' con me, Pano, stava pregando dentro di sé Nicolò.

Pano si accorse della sua aria triste.

«Non mi sembri molto allegro, vero?» gli domandò dopo averlo osservato con attenzione.

«Chi? Io?» rispose scioccamente Nicolò.

«Tu, certo, vedi forse qualcun altro qui?» disse Pano con tono ironico. Ma poi ridivenne subito gentile. «C'è qualcosa che non va? Forse sei in punizione anche tu?» chiese. «Se no perché saresti arrivato fin qui tutto solo, a bussare al mio albero?»

Veramente lui non aveva bussato, aveva visto la porticina e aveva spinto, pensò Nicolò, ma poi decise che non era il caso di stare tanto a precisare.

«Anche per me non è successo niente di grave.» Nicolò cercò pure lui di imitare il tono da signore di mondo in un salotto, ma gli riuscí ancora meno che a Pano.

«È stata una giornata un po' storta» confessò infine con un'aria avvilita. «Tutti sono nervosi, tutti ce l'hanno con me... Sai, anch'io spesso faccio tardi.»

«Davvero!» s'illuminò Pano «allora... allora siamo uguali... siamo amici!»

«Sí» e Nicolò abbassò la testa, confuso ma davvero contento.

«Senti, mi è venuta un'idea» disse Pano dopo un momento di silenzio quasi imbarazzato. «Stavo giusto pensando… eh, ora sei mio amico, il primo amico che ho oltre le creature del bosco… però, anche loro…» e qui Pano sembrò perdersi dietro certi brutti pensieri.

«Cosa stavi dicendo?» Nicolò cercò di riportarlo al discorso che aveva incominciato.

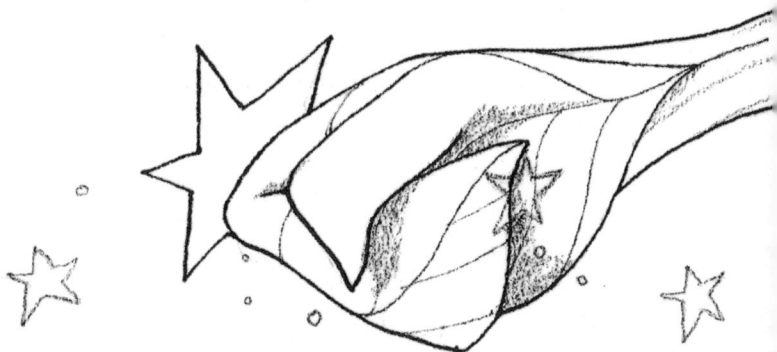

«Cosa stavo dicendo? Ah, sí, che ti voglio fare un regalo.»

«Oh, grazie, ma non c'è bisogno che ti disturbi» rispose Nicolò educatamente.

«Macché disturbo! Non sapevo proprio a chi darlo questo regalo, e ora che ho trovato un amico… eccolo qui.»

UNA GOMMA...

Nicolò allungò il collo e vide nel piccolo palmo verde di Pano una gomma per cancellare.

Una gomma come tante, una parte piú scura e una piú chiara, solo che in questa i due colori erano il blu, la scura, e il giallo, la chiara, proprio come i fiori che formavano gli occhi di Pano.

«Una gomma, oh, grazie, le mie le perdo sempre» disse Nicolò, cercando di nascondere la delusione.

«Una gomma... e tu le perdi! Ah, capisco. Tu credi che questa sia uguale a quelle che usi

tu… Lo hai creduto veramente?» e Pano cominciò a ridere come un matto.

«Proprio uguale no» rispose Nicolò inter-
detto «me ne sono accorto che i colori sono
diversi.»

«I colori diversi? Tutto qui?» Pano stava
soffocando dalle risate, come se avesse sentito
la piú spiritosa delle battute. «Ma lo sai cos'è
questa?» disse quando riuscí a riprendersi. «È
una gomma magica, UNA GOMMA MAGICA,
ecco cos'è.»

UNA GOMMA,
OH, GRAZIE,
LE MIE LE PERDO
SEMPRE.

«Ah… e cosa fa una gomma magica?»

«Cancella dal mondo tutto quello che non ti piace! È tanto semplice…»

«Ma come? Voglio dire, come fa?»

«Ma è facile, te l'ho detto!» Pano sembrava spazientito. «Nella tua vita c'è qualcosa che non ti va? Qualcosa che sarebbe meglio non ci fosse? Ci pensa la gomma. Tu la scrivi… a proposito, sai scrivere, vero?»

«Certo che so scrivere, faccio la terza» rispose Nicolò con orgoglio.

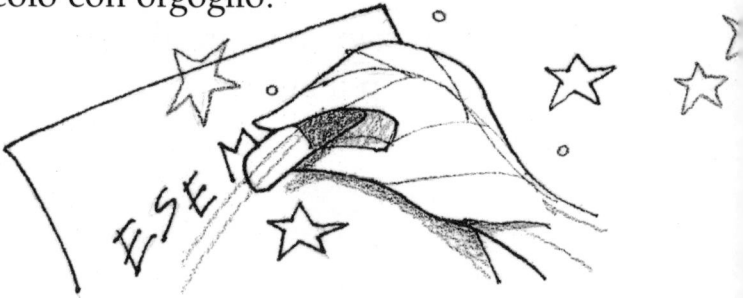

«Bene, tu scrivi su un foglio la cosa che non ti piace, la cancelli con la parte gialla della gomma… bada bene, la parte gialla… e quella cosa sparisce, ma non solo dal foglio. Sparisce per sempre dalla faccia della Terra e dalla tua vita. Hai capito ora?»

«Sssí… ho capito» rispose Nicolò, che però era ancora piuttosto confuso.

«È un bel regalo, no?» incalzò Pano, che si aspettava molto piú entusiasmo.

«Sí, sí, è bellissimo. Grazie, grazie davvero.»

«Ma figurati! Siamo amici!»

«Ora devo proprio andare.» Nicolò cominciava a preoccuparsi. «Maria Giovanna mi starà cercando… Oh Dio, sarà tardissimo…» e si avviò affannato verso la porticina. «Tornerò, sai, tornerò nei prossimi giorni» disse prima di sparire.

«Certo, ci conto» e Pano gli fece ciao con la mano.

Maria Giovanna era veramente furiosa.

«Mi hai fatto prendere una bella paura!» gli disse, strattonandolo forte per il braccio. «È un'ora che ti cerco… e stasera lo dico anche a tua mamma!»

"Uffa" pensava intanto Nicolò "forse posso cancellare proprio lei, Maria Giovanna." Ma poi ci ripensò.

Povera Maria Giovanna, era stata in pensiero per lui perché in fondo gli voleva bene, e poi se era diventata musona non era colpa sua, ma di Aureliano che la faceva sempre arrabbiare.

Nicolò ha un'idea

La sera, in camera sua, Nicolò tirò fuori dalla tasca la gomma gialla e blu, la appoggiò sul tavolino e la guardò a lungo.

Cosa posso far sparire? Cos'è che proprio non mi piace?, si domandava, e quasi quasi non gli veniva in mente nulla.

Poi pensò ad Aureliano. Se fosse sparito, forse Maria Giovanna sarebbe ridiventata allegra come prima.

Ma poi ci ripensò.

Magari non era una buona idea. Magari Maria Giovanna, a non trovarsi piú Aureliano, si sarebbe dispiaciuta perché cosí non avrebbe avuto nessuno per litigarci insieme, e magari sarebbe diventata ancora piú nervosa. No, meglio lasciar perdere.

E allora? Forse la scuola? Ma no, a lui la scuola piaceva da matti. Gli piaceva, eccome, e se non fosse stato per l'orario, per dover fare tutto cosí di corsa la mattina…

Cancellare gli orologi? Cosí uno poteva arrivare a scuola quando gli pareva. Sí, sarebbe stato bello, ma per il resto, per le cose buone? Niente piú ore per il parco. E i cartoni alla TV? Nessuno avrebbe piú saputo a che ora si doveva accendere.

No, troppo complicato, e anche pericoloso.

Però forse un'altra soluzione c'era. La causa dei suoi ritardi alla mattina, quella che rendeva tutti furiosi contro di lui, la mamma, il papà, la maestra... era una sola: quel maledetto latte.

Finisci quel latte! La mamma non accettava obiezioni e proteste e fino a che lui non aveva terminato di bere tutta la tazza, di uscire non se ne parlava. E poi tutti si lamentavano a non finire perché era tardi.

Senza il latte, invece... come sarebbe stato bello e facile. Alzarsi, lavarsi la faccia, acchiappare un pugno di biscotti, e via a scuola senza perdere tempo. Arrivare puntuale, con tutti che ti sorridevano e la maestra che ti metteva "bravissimo più" sul quaderno...

Ho trovato, si disse Nicolò, questa è la soluzione. Farò sparire il latte.

Prese un foglio da disegno e in mezzo scrisse con cura

LATTE

poi prese la gomma e cominciò a cancellare con la parte gialla. La parola sparí lentamente dal foglio.

Poi venne l'ora di cena, e dopo quella di andare a dormire. Nicolò non pensò piú al suo "latte".

«Hai bevuto del latte questa notte?» stava domandando la mamma al papà, quando Nicolò apparve in cucina, ancora assonnato.

«Io?!» rispose stupito il papà «se non mi sono mai alzato dal letto…»

«Strano» mormorò la mamma, poi fissò incerta Nicolò. «L'hai bevuto tu? No, proprio bevuto non credo, ma… magari ci hai giocato e lo hai rovesciato senza accorgertene…»

«Io?!» rispose Nicolò imitando suo padre «ma se il latte non mi piace!»

«Sí, è vero, lo so» disse un po' nervosamente la mamma «però è strano, il cartone nel frigorifero è vuoto. E adesso come faccio? Bisogna che vada a chiedere alla vicina se può imprestarmene un po', almeno per il biberon di Carlotta» e si avviò verso la porta. «Tu Nicolò» aggiunse in fretta «mangia qualche biscotto e poi esci subito per andare a scuola con papà.»

Evviva! Era fatta! Quella sí che era stata una buona idea! Era andato tutto come Nicolò voleva, proprio come aveva sognato!

Al ritorno da scuola la mamma era ancora molto agitata e rossa in viso.

«La vicina ha scoperto che il suo cartone del latte era vuoto» gli spiegò subito «e non sa proprio come possa essere successo. E quando sono andata a comprarlo, peggio ancora. Anche i lattai si sono ritrovati tutti i contenitori vuoti, e la gente era furiosa e se l'è presa con loro.»

Poi arrivò anche la vicina, che sentiva il bisogno di discutere con la mamma quello strano fenomeno. Quelle due non la finivano piú di parlare.

SARANNO
GLI
EXTRA-
TERRESTRI.

«Dicono che dipenda dall'atmosfera… insomma, è tutta colpa dell'inquinamento» diceva una.

«Sí, ma che sparisca il latte che già esisteva, quello già messo in bottiglia o nei cartoni, è davvero troppo strano» rispondeva l'altra.

«E chissà…» il viso della vicina si illuminò «forse sarà il buco dell'ozono.»

Nicolò non aveva mai sentito quella strana parola, però gli piacque. «Saranno gli extraterrestri» buttò lí, per contribuire alla conversazione, poi si pentí subito, pensando che lo avrebbero zittito.

Ma la mamma e la vicina lo guardarono e poi si guardarono fra loro, pensierose.

Una catastrofe imprevista

Le cose non andavano piú tanto bene, anzi peggioravano ogni giorno, fino ad arrivare a una vera catastrofe.

Latte non se ne trovava piú da nessuna parte e in nessun angolo del mondo, e solo per i bambini piccoli come Carlotta si poteva ricorrere a qualche "falso latte", di quelli fatti con le piante e i frutti, come la soia, le mandorle e cose cosí.

Quei liquidi densi e biancastri assomiglia-
vano sí al latte, ma non erano latte. Comunque la gente si accontentava. Solo che, certo,
non potevano bastare per tutti, e cosí le mam-
me dovevano passare la giornata in fila davanti a certi negozi che ne distribuivano un pochi-
no per ciascuno.

Chi ci avrebbe mai pensato? Erano spariti di
colpo tutti i gelati, meno i ghiaccioli di frutta
(perché quelli non avevano bisogno di latte,
ma a dirla tutta erano un po' insipidi), la pan-
na, il burro e tutti, ma proprio tutti i formaggi,
compreso quello quadrato con la carta d'ar-
gento che piaceva tanto a Nicolò.

«Sai che ammazzeranno le mucche?» raccontò un giorno il papà alla mamma. «Non fanno più latte e cosí gli moriranno i vitellini. E poi, senza formaggi la gente dovrà mangiare piú carne.»

Questa poi! Nicolò sentí una fitta di dolore. Cosa aveva combinato! Lui a tutto questo pandemonio non ci aveva proprio pensato. E ora, per rimediare?

Pioveva ogni giorno e di farsi portare al parco per consultarsi con Pano non c'era nemmeno da pensarci.

Altro che tranquillità e i sorrisi che si era immaginato, quando aveva deciso di far sparire il latte dalla sua vita!

A casa e fuori la gente era piú nervosa che mai e tutti non facevano che leggere i giornali e stare ad ascoltare gli scienziati che discutevano alla radio e alla televisione.

Poi andò ancora peggio.

Nicolò sentí dire che suo papà stava per perdere il posto, perché dove lavorava lui stavano per chiudere.

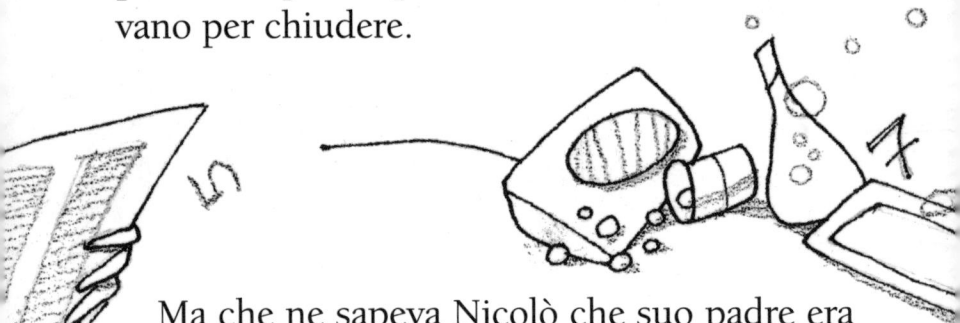

Ma che ne sapeva Nicolò che suo padre era impiegato in una fabbrica di formaggi? Sapeva solo che faceva il ragioniere e aveva sempre creduto che il suo lavoro fosse quello di insegnare a ragionare a quelli che non ne erano capaci. E invece, vedi un po', il suo lavoro era quello di tenere i conti in una fabbrica di formaggi, e senza il latte i formaggi non si potevano piú fare. Perciò si chiudevano porte e finestre e tutti a casa…

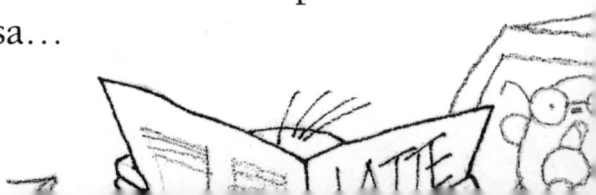

> MA NON
> SI PUÒ
> TORNARE
> INDIETRO?

Questo era un vero cataclisma. Il mondo stava impazzendo di preoccupazione e anche Nicolò non sapeva piú dove sbattere la testa. Colpa mia, colpa mia, si diceva continuamente.

Ma non si poteva tornare indietro? Non era possibile rimettere tutto com'era prima? "Perché non ho chiesto a Pano come si poteva annullare la magia nel caso si cambiasse idea?" si domandava Nicolò. Ci doveva pure essere un modo.

Che sciocchezza, che imperdonabile sciocchezza non averlo domandato a Pano, non avergli chiesto questa semplice, elementare informazione.

"Devo andare da Pano, devo assolutamente farmelo dire!" Ormai Nicolò non pensava ad altro.

Ogni giorno domandava alla mamma:

«Andiamo al parco?» ma lei scuoteva la testa.

«Non vedi che il tempo è brutto? Possibile che pensi solo al parco, tu?»

Ma un giorno il sole tornò a splendere come si deve, e puntuale si presentò Maria Giovanna: il momento del parco era finalmente arrivato.

Al parco, mentre ancora Maria Giovanna gli stava gridando dietro: "Dove vai? Non fare come l'ultima volta che non riuscivo piú a trovarti!", Nicolò era già arrivato di corsa alla sua radura.

Ecco l'albero grande e scuro ed ecco il segno sottile della porticina.

Nicolò avrebbe voluto bussare, ma aveva troppa fretta e perciò spinse con decisione e gridò subito: «Pano!!»

Gli risposero buio e silenzio.

«Pano» mormorò Nicolò a voce piú bassa e un po' tremante «non vedo niente, accendi una lucciola, per favore!»

PANO!!

«Sono Nicolò, il tuo amico, quello della gomma» aggiunse dopo un po' con le lacrime nella voce.

Ma all'interno del grande albero continuava a regnare un silenzio assoluto, rotto solo dal fruscio di qualche foglia o di un animaletto che strisciava.

«Pano, per favore!» insistette ancora Nicolò, supplichevole, ma poi d'un tratto ammutolí.

I suoi occhi ora si erano un po' abituati all'oscurità e perciò, alla debole luce che trapelava da una fessura, la vide.

Una piuma arancione rimasta per terra come un segnale.

«Oh no!» si disperò Nicolò.

Il pony, l'usignolo arancione... ecco di chi era quella piuma.

L'usignolo arancione doveva essere arrivato per portare a Pano il messaggio di perdono. E di sicuro a quest'ora il suo amico era stato riammesso nel bosco e si trovava ormai tra i suoi simili.

Pano dove sei, dove ti troverò? Come farò a trovarti? E Nicolò si sentí veramente disperato.

La sera disse alla mamma:

«Ho sonno, vorrei andare a dormire» e lei pensò che si fosse stancato correndo nel parco.

Invece Nicolò aveva bisogno di restare solo per pensare.

COME FACCIO A RITROVARE PANO?

Come fare per ritrovare Pano? Come poteva lui, un bambino di otto anni, mettersi per strada, camminare per chissà quanto, raggiungere un bosco... il bosco di Pano... e poi chissà dov'era il bosco di Pano.

Nicolò non sapeva dove si trovavano i boschi, e nemmeno i fiumi o il mare. Era troppo piccolo, pensò scoraggiato, non avrebbe neanche indovinato qual era la strada giusta da prendere.

Restò a lungo seduto sul letto a meditare.

Poi di colpo gli venne un'idea. Una meravigliosa idea.

Se non poteva raggiungere il bosco, allora doveva essere il bosco ad arrivare fino a lui.

Si alzò, prese un foglio bianco e con molta cura, stando bene attento a non fare errori, ci scrisse in mezzo

DISTANZA

Poi prese la gomma e incominciò a cancellare con la parte chiara.

Alla fine la stanchezza arrivò davvero. Si stese sul letto, si coprí bene con la trapunta e si addormentò.

Nel bosco

Si svegliò a una debole luce che filtrava dalle fessure della persiana. Non era ancora il chiarore del giorno, ma una luminosità pallida e bianca: doveva trattarsi dell'alba.

Qualcosa aveva disturbato Nicolò, facendogli aprire gli occhi prima del tempo. Cosa? Ma sí, quello strano rumore di acqua che sbatte da qualche parte.

Ancora con gli occhi chiusi, allungò una mano alla sua destra, poi sobbalzò. La mano si era bagnata. Allora spalancò gli occhi e dopo, per la meraviglia, anche la bocca.

Il mare! Alla sua destra c'era il mare, con piccole onde lente e tranquille che sciabordavano sulla riva. E dall'altro lato?

I monti, montagne scure cui la prima luce regalava strisciate di rosa... e in fondo... In fondo, ai piedi del letto, i boschi, i boschi infiniti, folti, misteriosi, tutte le foreste delle creature del bosco, e il bosco di Pano...

Grazie Pano, pensò subito Nicolò, la gomma ha funzionato ancora.

Non poteva correre lontano per cercare il suo amico, però con la gomma aveva cancellato la distanza. E tutto gli era venuto vicinissimo, addirittura nella sua stanza, accanto al suo letto.

Nicolò, senza perdere nemmeno un istante, s'infilò le pantofole e via, mise piede fra gli alberi del bosco.

«Pano! Pano!!» gridava Nicolò man mano che s'inoltrava nel folto della foresta, in mezzo ad alberi, cespugli e sentieri. «Pano!!!»

Ogni tanto da dietro un tronco spuntava la figuretta di qualcuno degli abitanti del bosco. Ognuno era diverso dall'altro. C'era chi aveva due more per occhi e una banana di traverso per bocca, chi le grandi orecchie fatte di pigne verdi e un ciclamino al posto del naso, e chi si era fatto i capelli bianchi con rami e fiori di biancospino...

Tutti diversi, ma nessuno era Pano.

E Nicolò correva e correva, prendeva sentie-ri, sentierini, toccava gli alberi piú grandi per cercare una porta...

A un certo punto il cuore gli fece un sobbalzo.

Eccolo, eccolo là, un fiore blu e un fiore giallo per occhio, una nocciolina per naso, una meletta per bocca...

«Pano!» gridò a perdifiato, e poi, visto che la figurina non si voltava «Pano!!» gridò anco-ra piú forte.

«Dice a me?» rispose la creatura del bosco con voce gentile.

«Nnnon… non sei Pano?» balbettò Nicolò.

«No, io sono Tuli. Pano non l'ho ancora trovato. Dicono che è stato mandato in esilio…»

Tuli! Ma certo che era Tuli! Come aveva fatto a non accorgersene! L'occhio giallo e quello blu erano al contrario, rispetto a quelli di Pano.

«Io sono Nicolò, un amico di quando Pano si era trasferito in città» disse tutto d'un fiato, e Tuli rispose:

«Tanto piacere.»

«Senti, Tuli, Pano non è piú in punizione… è venuto l'usignolo arancione a portargli il perdono… Pano dev'essere di nuovo qui.»

NNNON…
SEI PANO?

«Oh, bene!» e Tuli batté le mani. «Questa volta lo devo proprio trovare…»

«Anch'io lo vorrei trovare» disse Nicolò. «Devo chiedergli una cosa.»

«Bene» fece di nuovo Tuli, sempre con quella voce gentile «allora lo cercheremo insieme.»

NO, IO SONO TULI.

«Sí, ma dove?»

«Ho pensato una cosa» e Tuli fece una faccia furba. «Noi popolo del bosco spesso ci riuniamo per discutere o per cantare insieme, ma Pano ha il vizio di arrivare sempre in ritardo a tutti gli appuntamenti… per questo non siamo mai riusciti a incontrarci.»

«Lo so» assentí Nicolò con aria grave.

«Bene, basta che andiamo all'appuntamento precedente. Se ce n'è uno alle dieci, per esempio, noi ci presentiamo a quello delle nove. Hai capito? Vedrai che funzionerà.»

Tuli prese il suo taccuino e lo sfogliò con attenzione.

«Vieni» disse poi in fretta «andiamo alla radura dei funghi rosa» e cominciò a correre.

Alla radura dei funghi rosa naturalmente non c'era piú nessuno, ma un rumore in lontananza fece fermare Tuli e Nicolò. Un suono di passi affrettati e una specie di respiro affannoso.

Poi il cuore di Nicolò si fermò. Possibile che fosse lui? E invece era proprio lui, ansante, con i capelli verdi tutti scomposti. Era Pano.

«Pano!» gridò Nicolò, e gli corse incontro.

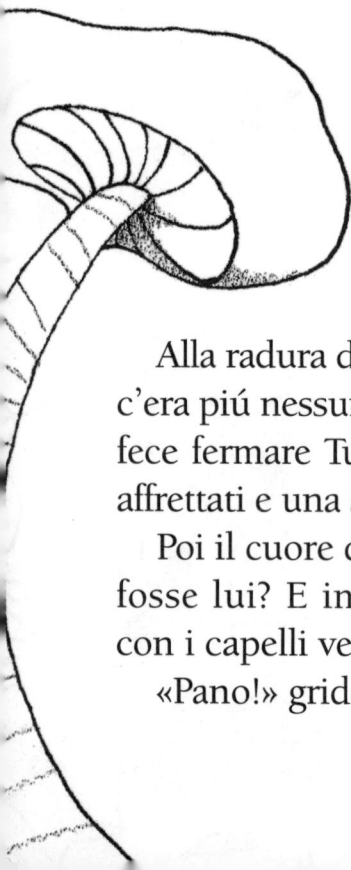

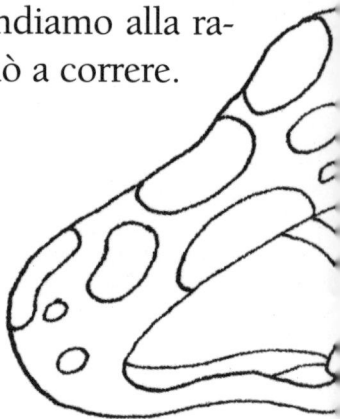

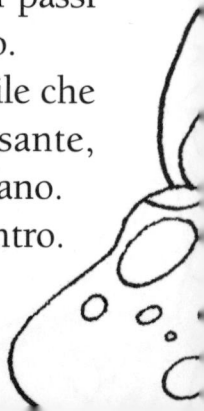

Ma Pano nemmeno lo guardò. Si era fermato di colpo e guardava l'altra figura accanto a lui.

«Tuli! Tuli!» mormorava, fuori di sé dalla gioia. «Possibile che ti abbia finalmente incontrata? È troppo bello, non ci posso credere…»

Tuli arrossí un poco e poi disse:

«Certo che è possibile. Sono io che sono riuscita a scovarti!»

SONO IO CHE SONO RIUSCITA A SCOVARTI!

TULI! TULI!

MA SE UNO CAMBIA IDEA, SE VUOLE FAR TORNARE TUTTO COME PRIMA... COSA DEVE FARE?

«E come hai fatto? A me non riusciva mai.»

«Un giorno te lo dirò… ma ora saluta il tuo amico.»

Solo allora Pano scorse Nicolò.

«Oh! Che bella sorpresa! Ma cosa ci fai tu qui?»

«Ti cercavo» rispose confuso Nicolò.

«Hai ragione, sono partito senza salutarti, ma tu non eri piú venuto. Comunque grazie, sono contento che ora ci siamo rivisti… ma adesso devo proprio andare via con Tuli» e Pano gli fece ciao con la mano.

«A proposito» gli chiese, già lontano «come funziona la gomma?»

È COSÍ FACILE! SCRIVI UN'ALTRA VOLTA IL NOME E PASSACI SOPRA LA PARTE SCURA DELLA GOMMA!

«Bene, bene» Nicolò gli corse dietro affannato «ma se uno cambia idea, se vuole far tornare tutto come prima… cosa deve fare?»

«Ah, non te l'avevo detto?» Pano aveva incominciato un'altra volta a camminare.

«Dimmelo ora!!» gli gridò dietro Nicolò.

«È cosí facile! Scrivi un'altra volta il nome e passaci sopra la parte scura della gomma!» Poi Pano e Tuli sparirono nel folto del bosco.

Nicolò tornò indietro, tanto erano proprio pochi passi, e cosí in un attimo si trovò di nuovo nella sua camera.

Poi prese due fogli bianchi.

Su uno scrisse

DISTANZA

e sull'altro

LATTE

poi impugnò la gomma dalla parte blu e cominciò a passarla sulle parole appena scritte.

Dopo un attimo si guardò attorno.

La sua stanza era quella di sempre. Niente piú mare, montagne e boschi accanto al letto. Solo Rori, l'orsetto di peluche che doveva essere scivolato giú mentre lui dormiva.

IL LATTE!
MAMMA,
C'È IL LATTE?

Era già mattina piena.

«Svegliati, Nicolò!» disse la mamma. «Per favore, vestiti in fretta... Ricordati, non voglio che tu faccia tardi come al solito perdendo tempo davanti alla tazza del latte...»

«Il latte! Mamma, c'è il latte?» balbettò Nicolò.

«E già, cosa speravi? Che magari il latte fosse sparito?» e la mamma gli arruffò i capelli con gesto scherzoso, poi corse da Carlotta che aveva cominciato a urlare.

Perché perché perché

Perché spesso il latte è considerato dai bambini un nemico personale?

Distinguiamo. Questa "inimicizia" parte da una certa età. Per i piccolissimi il latte della mamma è il migliore nutrimento possibile, anche perché riesce non solo a soddisfare la fame e la sete, ma lo protegge da molte malattie. Questi piccolissimi vengono infatti chiamati "lattanti" e strillano molto se qualcuno si distrae e dimentica di fornirgli questo loro cibo-bevanda.

Quand'è allora che il latte può diventare antipatico?

Non c'è una regola generale, e poi è vero che succede spesso, ma non a tutti. Di solito capita (quando capita) appena il piccolo esce dalla fase del *biberon* (che è una parola francese e in italiano si dice poppatoio, ma è brutto) e arriva a quella della tazzona e cucchiaio. Allora molti bambini cominciano a trovare l'obbligo del latte alla mattina un vero strazio. Troppo caldo, subito dopo disgustosamente tiepido e poi tutte quelle briciole di biscotto rimaste in fondo e che diventano pappetta... E per finire, la mamma che sa solo dire: «Bevi il tuo latte!» oppure: «Finisci quel latte!» Da qui la ribellione.

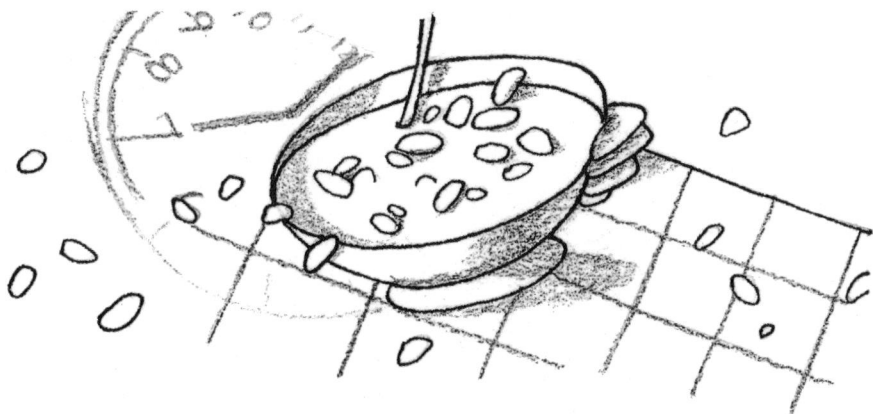

Perché il latte è importante?
Se qualcuno pensasse che sarebbe bello far sparire tutto il latte del mondo, come fa Nicolò in questa storia, sbaglierebbe di grosso. Eh, no. Il latte è un alimento completo, che contiene tutte quelle sostanze che servono all'organismo per crescere e diventare robusto, e cioè le proteine, i grassi, gli zuccheri e soprattutto il calcio, molto importante perché rafforza le ossa.

E cosí, niente da fare, tocca bersi la tazza del mattino?

Se si può è meglio (tra l'altro quella con il latte è proprio la tradizionale colazione del nostro Paese). Se proprio non si può, allora ci sono anche altri alimenti.

Perché qualcuno dice che il latte è furbo?

Perché è proprio vero: il latte è furbissimo e sa difendersi dall'antipatia dei bambini. Come fa? Si camuffa. Si trasforma.

Diventa burro, formaggio, yogurt e anche fantastici gelati di tutti i gusti e di tutti i colori. Il latte c'è ma non si vede. E cosí siamo tutti contenti.

Indice

Per la prima e la seconda elementare

Storie brevi e allegre per lettori principianti, con illustrazioni pensate per colorare, giocare, disegnare.

titoli

Per la terza elementare

Racconti, fiabe, poesie, veri e propri romanzi brevi per chi ormai legge con disinvoltura. In fondo al volume, i curiosi troveranno risposta alle loro domande nell'appendice "Perché perché perché".

titoli

1 - Roberto Denti CHI HA PAURA DI CHI?

2 - Bianca Pitzorno A CAVALLO DELLA SCOPA

3 - Margherita d'Amico IL MISTERO DEL GATTO FUOCO

4 - Alberto Rebori PICCOLO RE

5 - Lia Levi LA GOMMA MAGICA

6 - Vinicio Ongini FIABE DI SPORT

7 - Chiara Carminati IL MARE IN UNA RIMA

8 - Alberto Rebori IL RITORNO DI PICCOLO RE

Per la quarta e la quinta elementare

Romanzi, racconti e poesie per lettori esperti, con l'aggiunta di curiosità e informazioni alla fine del volume, nell'appendice "Qualcosa in piú".

titoli